버팀목

황금알 시인선 109

버팀목

초판발행일 | 2015년 8월 31일
2쇄 발행일 | 2015년 9월 19일
3쇄 발행일 | 2015년 10월 1일

지은이 | 김환식
펴낸곳 | 도서출판 황금알
펴낸이 | 金永馥
선정위원 | 김영승 · 마종기 · 유안진 · 이수익
주간 | 김영탁
편집실장 | 조경숙
표지디자인 | 칼라박스
주소 | 03088 서울시 종로구 이화장2길 29-3, 104호(동숭동, 청기와빌라2차)
물류센타(직송 · 반품) | 100-272 서울시 중구 필동2가 124-6 1F
전화 | 02)2275-9171
팩스 | 02)2275-9172
이메일 | tibet21@hanmail.net
홈페이지 | http://goldegg21.com
출판등록 | 2003년 03월 26일(제300-2003-230호)

값은 뒤표지에 있습니다.

ISBN 979-11-86547-04-5-03810

버팀목

김환식 시집

황금알

지난가을부터
허접한 시편들을 쪼물거렸습니다.
호작질도 자주 하다 보면 버릇이 된다는데
이젠 낯가죽이 제법 두꺼워진 듯합니다.
한 번쯤은 더 시답잖은 짓을 하더라도
대수롭지 않게 이해를 해 주실 것도 같아서
오지랖 넓은 무례를 또 저지르고 말았습니다.
까치복처럼 헛배를 배슬거리며
빤질거리는 제 이마를 만져 봅니다.
아직 사람이지 못한 것이 분명한 것 같습니다.
사람이려고 시라는 것을 쓰기 시작했는데
여태 온전한 사람이 되질 못 했습니다.
사람이지 못한 사람들이 시인 행세를 하는 것을 보면서
저도 그들의 눈에는 선명한 짐승일 것이 자명하였기에

그냥 사람 시늉만 내면서 주접을 떨었던 것입니다.

그런 저의 용렬함도 따뜻이 보듬어주시고

보잘것없는 수다들도 칭찬해 주시고

고르지 못한 일기에도 늘 든든한 버팀목이 되어주신

여러분 모두에게

7번째 시집을 묶으면서 용서를 구합니다.

열심히 사람 짓을 배우며 살겠습니다.

감사합니다.

고맙습니다.

사랑합니다.

2015년 三伏盛夏

김환식

차 례

1부

2부

3부

4부

1부

고슴도치

고슴도치 같은 사람이 있다
나도 가끔은 고슴도치처럼 산다
어쩌면 우리 모두
속내는 고슴도치일지 모른다
몸속에는 수만 개의 가시 바늘을 숨겨놓고
남이 품은 가시 하나에는 내가 다칠세라
내 몸만 옹더글시고 살아가는 것이다
몇 발짝씩 거리를 두고 산다는 것은
적당하게 불신하며 산다는 뜻이다
그가 숨긴 가시에 내가 찔린다 해도
내가 그를 온전히 품어줄 수 있다면
뒤엉켰던 고달픔쯤은 치유될 것이다
눈에 보이는 탱자나무 가시보다
겨드랑이 밑에 숨긴 잔가시가 더 무섭다
소소한 말 한마디에
억장은 쉽게 무너지는 것이다
고슴도치도 새끼는 늘 가슴에 품고 산다
사랑한다는 것은
서로의 가시를 품어주는 것이다

버팀목

산 나무가 죽은 나무에게 의지하고 있더라
허접한 어깨도 누군가에게는 한생을 비빌 언덕이 된다
는 것
또 누군가는
그런 투박스런 내 어깨에도 기대려고 할지 몰라
오늘 죽은 나무도 어제는 산 나무였을 테지만
생전에는 모질게 무시당했을지 누가 알아
망자들은 심심하면 산 사람들을 울린다
산 사람이 망자를 울렸다는 이야기는 들은 적이 없는데
근자에 개업한 장례식장 화단에도
죽은 나무들이 산 나무들을 보듬고 있더라
산 나무들이 죽은 나무들에게 살가운 위로를 받고 있
는 것이다
망자는 영정사진 속에서 활짝 웃고 있는데
산 사람들만 속절없이 꺼억꺼억 울고 있더라

돌무덤

처음에는
그 길을 지나가던 누군가가, 그냥
툭 차고 간 돌멩이 하나
얼떨결에 멈춰선 자리가 시작이었을 것이다
그날 이후로
또 누군가가 그 길을 지나가며
그 돌멩이 하나 옆에
그냥 돌멩이 하나를 더 차놓고 갔을 것이다
그렇게 돌멩이 하나 옆에 돌멩이 하나가 주저앉고
그런 돌멩이들 옆에
아무 생각도 없는 돌멩이들이
천연덕스럽게 드러눕고 앉아서
돌무덤 하나를 만들자고 의기투합을 했을 것이다
시작은 늘 사소하다
정말 그 처음의 시작은 아무 의미가 없다
하찮은 돌멩이 하나가 처음부터
그런 창대한 꿈을 꾸지는 못했을 것이다
삶도 그렇다
내가 무엇이 되려고 태어난 것은 분명 아니다

살다 보니, 그냥 도적놈이 되기도 하고
화냥년이 되기도 했을 것이지만
어쩌다 백지 위에 황칠을 하다 보니
그 무엇이 되고 말았을 것이다
가끔은 뭉게구름도 호작질을 실수하여
부처도 만들고 예수도 만들 때가 있는데
내가 움켜쥔 심술보 하나도
어쩌면 그런 가당찮은 꿈 하나를 품으려 했을 것이다

너울

너울이 일고 있다
바다도 오래 앉아있으면
오금이 저린다
너울은
오금이 저린 바다가
먼 길을 떠나려고
몸을 푸는 동작이란 것을
어부들도 여태 모르고 살았다
엉덩이를 들썩인다
새벽잠을 설친 바다가
먼 길을 떠나려고
준비운동을 하고 있다

알츠하이머

멀쩡하던 사람이
며칠 사이에 바보가 되었다
내가 치매라고 하니
좀 유식한 그는 알츠하이머라고 했다
나이를 먹는다는 것은
삶의 기록들을 한 줄씩 갉아 먹는 것이다
기억의 저편에서 반짝이던 총명함도
망각의 덫에 갇힌 후에는
일상의 콧노래도 추억하지 못한다
세월의 바퀴는 정직하다
가끔은 거짓말을 하기도 하고
몇 발자국은 뒷걸음질을 쳐도 좋을 것인데
닳은 고무신처럼 댓돌 위를 지키고 앉아
하염없이 먼 산만 바라보고 있다
웃으면서 인사를 해도
따뜻한 눈빛으로 두 손을 맞잡아도
그냥 체념한 듯 우두커니 쳐다볼 뿐이다
더러는 먼저 떠난 그 사람이 생각이라도 나는 듯
띄엄띄엄 안부를 물어볼 때도 있지만

그것도 한순간이다
찢어진 만장의 조각 같은 전단지 하나가
바람결에 도움닫기를 하고 있는 것이다

사유의 잎사귀는 좀들의 먹이다

복어

아랫배가 팽팽하다
꼼수다
실속도 없으면서
거들먹거리는 것이다
터질 듯
바람 꽉 찬 풍선처럼
위태롭다

서기2014년

ㅁ.
무창포에서 잡혀 온 가리비들이
참숯불 화덕 위에 앉아서
점잖게 다비를 하고 있는 것이다
한생은 이렇게 살다 가는 것이란 듯
적막하게 해감들을 쏟아내고 있었다

ㅊ.
칠성시장 난전에서
떨이로 사온 다슬기 한 사발에
소금 한 줌을 뿌린 것뿐인데
품고 산 사연들은 이런 것이란 듯
토해놓은 앙금들에 기가 막혔다

ㄱ.
그날, 팽목항 횟집에서
한생의 허울을 가감 없이 벗어놓고
맨몸으로 순교하는 돌돔들을 만났다
목 메인 눈망울을 끔뻑거리며

처연하게 나를 바라보던 애틋한 눈빛은
오늘도
맹골수로 그 바다에 낙조로 걸렸다

개미

사무실 창가에 앉아
봄이 오는 먼 산과 담소를 나누다가
그냥 무심코 일어서려는데
얼핏 무엇을 밟은 듯한 느낌이 들었다
혹시나 싶어, 발을 옮겨보니
글쎄, 개미 한 마리가 납작하게 밟혀있는 것이 아닌가
참담했던 지난겨울도 잘 견디고
잠시 봄나들이를 나왔을 것인데
순간의 방심으로 생명 하나를 거두었다고 생각하니
철렁 가슴이 무너지는 것이다
그래, 누가 하늘에서 내려다본다면
나도 개미처럼 까만 점 하나에 불과할 것인데
그런 나를 개미 밟듯 밟아버린다면
누구에게 살인자의 누명을 씌워야 할까
개미 한 마리가 죄 없이 이승을 떠났지만
세상은 아무것도 변한 것이 없는 것이다
마찬가지다
그래, 오늘 내가 개미처럼 밟혀 죽는다 해도

화사한 봄 풍경은 변하지 않을 것이다

개미의 사체를 창밖으로 던졌다

인연

두레상에 둘러앉아
저녁밥을 함께 먹던 식솔들이 눈에 선하다
밟고 온 시간들
그 시간들의 형색이 더욱 아득하다
버릇처럼 한 그릇을 또 비운다
밥그릇을 비운다는 것은
빈 그릇의 침묵만큼 늙어간다는 것이다
고봉으로 품었던 하찮은 꿈들도
막상 설거지를 하고 나면
생살을 도려내듯 가슴이 아파온다
사람이기 때문이다
처음에는 이게 무슨 인연인가 싶다가도
얼떨결에 옷깃이 뒤엉키고 나면
참 얄궂은 인연도 다 있다 싶다가도
그래, 그 인연들이 얽혀
마디가 되고 티눈이 되겠지 생각하는 것이다
해가 뜨고 해가 지는 것도
하루에는 한 번씩이 고작인데
인연을 맺고 끊는 것은

하루에도 수백 번을 연습할 수 있더라
너무 맑은 하늘과 마주앉았노라니
눈이 부시고 맘이 시려 더는 볼 수가 없더라
어쩌면, 산다는 것은
강변에 나뒹구는 율석들처럼 만나서
태산 같은 인연 하나를 만드는 일이다

입

입을 다물면
허공은 평화롭다
입을 열어야
날카로운 송곳니도 볼 수가 있는데
바람도 송곳니가 있고
하늘도 송곳니가 있다는 것을
사람들은 대개 모르고 산다
송곳니를 숨기려고
가끔은 하늘도 얼굴을 찌푸리기도 하지만
표정만 보고
속내까지 다 읽을 수는 없는 것이다
보이는 것만이 진실이 아니듯
보이는 송곳니가 두려움의 전부는 아니다
외면한 것들도
더러는 숨겼던 송곳니를 보여줄 때가 있다
송곳니를 보고
다문 입술만 보았다고
허공의 깊이를 다 잴 수는 없는 것이다

전족纏足

관습은 잔인하다
전족 여인의 발가락을 보자
발가락도 감옥에 갇혀 살면
바위틈에 끼어 산 칡뿌리가 되는 것이다
지난날
화상을 입어 조막손이 된 여인을 만난 적이 있는데
전족 여인의 발가락이 그 손을 닮았더라
아름다운 신부의 척도가
전족이라니
남자들의 취미는 너무 고상하다
조막 발을 볼 때마다
머나먼 탈출을 궁리했을 것이다
탈출하지 못한 생각들이
발가락을 똬리처럼 껴안고 있다
발이 있어도 걸을 수 없다는 것
지척에 있는 그에게도 뛰어갈 수 없다는 것
그런 기막힌 울분들이
족쇄에 갇힌 발가락을 꼼지락거리게 했을 것이다

와불

저녁상에 올라온
고등어 한 마리가
와불처럼 누워있다
와불의 오장을 해부하고
가시들을 발라낸다
고요하다
와불의 몸속에
이렇게 많은 가시가 숨어있었다니
탑돌이도 한 번 못해본 나는
얼마나 많은 가시들을 숨겨놓고 있을까
한생을 다비한 고등어 한 마리가
뽑아낸 가시들을 보시하고 있다

낙서

허공에 주먹질을 하고
나무를 걷어차며
고함을 질렀다
하늘의 이마도 빤질빤질하다
먼 산의 능산 위에서
햇살이 분광을 하고 있다
바람도 겁에 질린 듯
그림자를 숨겼다
자중하지 못한 언행 탓이다
무단횡단을 했다
깨어진 유리조각이 날카롭게 반짝였다
내 오만함이
거리를 활보하는 것이다
가책도 없이
가로수의 그림자를 짓밟고 다녔다
손가락에 침을 묻혀
낙서를 했다
개새끼
개 같은 놈

허공은 훌륭한 칠판이더라

진주

당신의 이름을 부르면
가슴이 먼저 울먹거린다
하찮은 것도
지분거리면 덧나기 일쑤인데
당신은 상처를 덮고 삭혀
진주를 품었더라
허물도 오래 보듬고 살면
진주가 되는 것을
우리들은 가당찮게 들추기를 좋아했다
외면도 멸시도 씻고 다독이면
타고난 장애도 진주가 될 수 있다
아귀다툼의 세월마저
곱게 품고 산 당신만이
아름다운 진주를 품을 수 있는 것이다
하찮은 내 허물도
백 년쯤 품고 삭히면
해맑은 이름의 진주 하나를 품을 수 있을까

약봉지

생일날이다
책상 위엔, 또
낯선 약봉지들이
신발장의 신발들처럼 앉아있는 것이다
나는 한 해에 한 살밖에 먹을 수가 없는데
약봉지는
심심할 때마다
한꺼번에
너 댓씩 식솔을 늘려온 것이다
서랍을 열어보면
처방전도 없는 약봉지들이
두서없이 얼굴을 포갠 채
겨울잠을 자고 있다

반성

내가 무엇인지도 모르고 산 세월이
예순 겨드랑 밑에 숨었더라
오래전 길거리에서, 툭
어깨를 부딪친 그가
낮술에 취한 내 그림자에게 내뱉은 말이 생각난다
야, 짐승 같은 인간아
그래, 이제는 안다
내가 사람이 아니고 짐승이었다는 것을
겨드랑 밑에 숨겼던 난해한 풍광들도
한심할 뿐이다
사람도 아닌 짐승이
사람처럼 살아온 것이다
그런 나와 동행해 준 친구들이 고맙고
지인들이 고맙고

당신이 고맙다

고비사막

고비사막에서는
고비의 이쪽 끝에서도 해가 뜨고
고비의 저쪽 끝에서도 해가 뜨더라
분명, 해가 뜨고 지는 지평선도
거기 어디쯤일 것 같았는데
방위도 분간하지 못한 나는
푼수만 떨며 살아온 것이다
생의 출발선도 거기 어디쯤일 테고
생의 종착역도 여기 어디쯤일 텐데
어느새 여기서는 해가 지고
거기서는 또 해가 뜨고 있더라
부지런한 사람들은
분명
풀꽃 몇 포기라도 그 땅에 심어보려고
무진 애를 썼을 것이다
생이란 사막을 개간하는 일과 같다
하나의 풀씨라도 파종할 수 없다면
풀꽃은 영영 피고 질 수 없는 것이다

사막을 무단 횡단하여
저녁 해가 열심히 먼 길을 갔다

그릇

생각은 옹졸한 그릇이다
그 그릇에
너를 담아놓고부터
더는
아무것도 담을 수가 없었다

바위섬

외봉 낙타
한 마리
바닷속에 숨어있다
혹 하나만
수면 위에 내어놓고
온몸을 출렁이며
검푸른 사막을 달려가고 있었다

착각

깃발이 펄럭이는 것은
바람에게 끌려가지 않으려는
처절한 몸부림이다
파도도
바람에 밀려가는 물결이라고 생각했는데
그것도
바람에 밀려가지 않으려고
갯바위를 붙잡고 자괴하는 물결의 아우성이더라

거룩한 사랑

논둑에 앉아
벼잎을 살펴보면
잎들을 말아 만든 거미집이 있다
염낭거미의 산란실이다
그 속에서 알들을 낳고
입구를 봉인한 후엔
산란실을 끝까지 사수하는 것이다
어미의 삶은 처절하다
새끼들이 부화를 하게 되면
자신의 몸을 먹이로 내어준다
어미의 몸을 살갑게 뜯어먹고
새끼들은 세상구경을 하게 되는 것이다
내 몸의 살을 발라서
새끼들을 반듯하게 건사하는 일은
세상 모든 어미들의 한결같은 일생이다
훗날
어미가 된 새끼들은 알게 될 것이다
자신들이 태어나 먹은 첫 번째의 먹이가
내 어머니의 거룩한 사랑이었다는 것을

2부

욱수골*

욱수골에서
버들강아지들과 해후를 했다
천 개의 눈도 반갑고
천 개의 손가락도 은혜롭더라
버선발로 봄 마중을 나온 것이다
뽀송한 꼬리를 말아 올린 채
앙증맞게 걸음마를 배우고 있다
한없이 살가운 몸짓이다
자박자박 아지랑이도 피어나고
망월지의 얼음도 녹은 지 오래다
동안거도 끝났다
산문을 나온 두꺼비들이 야단법석이다
산란을 하고 있다
겨드랑이가 가렵다
수천수만의 곤지라운 두꺼비들이
천수관음과 함께 입산하는 것이다

* 대구 수성구 망월지가 소재한 계곡

유희

묵은 때를 서답 하듯
염색을 하고 나니
머리는 황토물을 덮어쓴 잡초밭 같다
존재의 명암이 갈리는 것도
한순간이다
숨겨둔 속살도
잿더미 속의 숯검정 같다
헹구고 또 헹구었지만
느낌은 풀 먹인 삼베처럼 뻣뻣하다
그저 슬프다
눈썹도 늙어가고
구레나룻도 함께 늙어가고 있다
머릿결을 말린다
세월도 기를 쓰고 늙어가려는 것이다
주어진 일상의 여백들을 빗금으로 지워본다
염색의 유효기간은
길어봐야 달포다
달포만큼 늙은 후에
또 한 달포만큼의 청춘을 회수하기 위하여
황토물을 덮어쓰고 유희를 한다

무지개

무지개는 아름답다
아름다운 것은
누구나 좋아하지만
소나기를 만나면 도망치기 바쁘다
소나기가 없으면
무지개는 필 수 있는 꽃이 아닌데
그런 소나기가 무섭다고
사람들은 서둘러 몸을 숨긴다
꽃은 아름답다
무지개는 소나기가 피운 아름다운 꽃이다
세상에는 꽃비만 있는 것이 아니다
애간장을 태우는 여우비도 있고
지겹도록 내리는 장맛비도 있다
소나기를 무서워하면
무지개는 영영 볼 수 없다
여름날 소나기가 그친 뒤
등 뒤를 보라
아름다운 무지개가 손을 흔들 것이다

까치밥 1

사랑은 까치밥이다
마지막 남은 하나마저
주저하지 않고 줄 수 있다는 것
그것이 사랑이다
찬바람이 불어와도
우듬지의 까치밥은
날마다 까치를 기다리고 있다
어쩜
올해는 그냥 지나칠지도 모를 일이다
내게 가장 소중한 것을
나눠주기 위하여
까치밥은 맨몸으로 추위와 싸운다

조령

조령을 넘었다
처음에는 이 길도 산짐승들의 것인데
지체 높은 묵객들이
그냥 탈취한 것이 분명하다
배운 것이 도둑질이라고
단풍잎은 온산에 물감을 뿌려놓고
개울물과 손을 잡고 유희를 하고 있다
맨발로 걸으면 더 기분 좋은 길이다
수많은 인연들이
이 길에서 만나고 헤어졌을 것이다
지키지 못한 약속들은
또, 이 길에 주저앉아
몇 날 몇 밤을 얼마나 간절하게 울먹였을 것일까
시월의 조령은 말문을 닫는다
눈도 바쁘고 마음도 분주하다
관문 하나를 지날 때마다
품고 싶은 사연들이 산천에 지천이다

들길

들길을 따라 바람이 지나갑니다
민낯입니다
잠행이 쉬운 일은 아닙니다
발자국이 뽀얗습니다
그 들길 한쪽 끝에서
먼지들이 군무를 추는 것입니다
뒷모습이 적막합니다
연날리기에 훌륭한 바람입니다
꼬리연을 날리던 그때가 그립습니다
가만가만 보고만 있어도
찾아온 옛 생각이 손짓을 합니다
진흙으로 분장을 하고
맨발로 뛰어놀던 그곳입니다
맨발의 미꾸라지들과
맨발의 삽살개들과
맨발의 거위들이 함께 뛰어놀던 무논입니다
다독이는 햇살이 맑은 오후입니다
그런 햇살에게도 그늘은 늘 심술을 부립니다
산 그림자도 훼방을 놓고

길섶에 선 포플러의 그림자도 키를 늘리며 우쭐거립니다
그때마다 햇살은 그늘 속으로 몸을 숨깁니다
그대를 만난 것도 이맘때쯤입니다
한산한 다방의 창가에 앉아서
하늘만 말갛게 쳐다보던 당신이 눈에 선합니다
맨얼굴이 능금 같았습니다
들길이 어둠을 덮습니다
어둠을 뚫고 들길이 꿈틀거리며 집으로 갑니다

순교

아이들이 둘러앉아 장난질을 한다
조개들은 잡혀온 것조차 모른 채
부지런히 대야를 핥고 있다
꼬챙이로 혓바닥을 건드리면
놀란 듯 어깨를 움츠리고 편다
구금의 사연을 알게 된 것일까
부지런히 해감을 토해내고 있다
대야의 물빛도 한순간에 흐려졌다
이렇게 답답할 때는
피접이라도 떠나면 좋을 것인데
잃어버린 자유는 쉽게 찾을 수가 없는 것이다
입술을 불뚝거리며
신경질을 부렸다
아이들도 박살난 접시처럼 뿔뿔이 흩어졌다
재미있는 놀이도 오래하면 지치는 것이다
측은하다
토해낸 해감들이 앙금처럼 쌓였다
숨결도 거칠고 몸짓도 둔하다
임종을 하려는 것일까

실향민들이 고향을 그리워하듯
조개들도 고향의 갯벌이 그리울 것이다
아침이다
토해낸 해감을 뒤집어 쓴 채
조개들은 조용히 순교를 했다

신발

너무 오래 신었다
뒤꿈치에 돌이 밟히는 것이다
한쪽 신발을 벗어들고
지저분한 밑창을 알뜰하게 살펴본다
호구에 시달린 얼굴이다
이마는 빼질거리고
뒤꿈치는 낡은 양말처럼
아가리를 벌리고 있다
너덜해진 입술과
구린내 나는 그 입속은
한생의 애증을 다 품고 있더라

갓길

처음부터
갓길이란 이름은 없었을 것이다
예기치 않았던 일로
기가 막혔던 누군가가
갓길을 만드는 선구자였을 것이다
아침마다 화장실을 점거하고
용을 쓰는 사람들처럼
차들도 이유 없이 도로에 퍼질러 앉아
붕붕거릴 때가 많다
길이 막히고
말이 막히고
처음에는 생각도 막혀서 답답했을 것이다
견인차가 달려오고
앰뷸런스가 달려가고
또 하나의 생각은 경각에 달려 있는데
누군가는
갓길이 지름길인 줄 알았는지
그 길을 점령하고 주인 행세를 하고 있다

시월

시월이다
갈대도 늙고 있다
허연 수염을 휘날리고 있다
천식을 앓고 있는 것일까
숨결이 가쁜 듯
손사래를 치고 있다

IMF

살아갈 일이 막막하다
거울 앞에 섰다
이마는 자꾸 주름살이 깊어졌다
아랫목도 서늘한데
아이들은 굼벵이처럼 뒤엉켜 잠들어 있다
잠결에도
막내는 잔기침이 잦다
황달기가 돌았다
하루가 너무 멀다
할 일은 없지만
버릇처럼 출근을 했다
전화벨 소리를 들은 지도 오래다
기계들도 심심할 것이다
점심시간이다
출근해서도 손을 놓은 사람들이
마당을 쓸고 있다

서럽다는 말

서럽다는 말을 듣는 순간
항구동 문간방에서 자취를 할 때
혼자 차려먹던 밥상 생각에
코끝이 찡했다
한두 달도 아니고
수년을 그렇게 살았던 기억이
불현듯 서럽다는 말과 상봉을 한 이후
후끈 눈시울을 붉히는 것이다
맨밥도 서럽고
짠지도 서럽고
외롭다고 징징거리던 수저들도
밥상머리에 주저앉아 울먹이는 것이다
혼자서 먹는 밥은
밥을 먹는 것이 아니고
서러움을 씹는 일이더라
서럽기 때문에
고봉밥 한 그릇을 뚝딱 비워야 했던 시절의 풍광들이
지금도 빈 그릇을 마주하면 그리워지는 것이다
이런 목 메인 생각에 겨워

밥상 앞에 우두커니 앉았는데
어디서 많이 본 듯한 파리 한 마리가
따뜻하게 두 손을 내밀고 있더라

가라루파*

온천 속에도 물고기는 산다
섭씨 40도가 넘는 온천수에
가라루파는 살고 있다
모천이 뜨거운 온천은 아니었을 것이다
천적에게 쫓기다가
어쩔 수 없이 온천 속에 갇혔을 것이고
살아남기 위해서
어금니를 깨물며 고통을 견뎠을 것이다
이젠 생존의 앙금을 내려놓고
천적들의 상처를 치료하고 있다
용서하는 법은 이런 것이라는 듯
입술로 염증을 핥아주는 것이다
그런 가라루파를 포획하려고
오늘도 천적들은 염탐을 하고 있다
가증스럽다
천적들의 망동 때문에
어미는 새끼들조차 입속에 숨겨서 키우는 것이다
물고기의 본성은 천적보다 그윽하다

* 터키의 온천수에 사는 닥터 피쉬

까치밥 2

당신의 손을 잡고 나와
바람을 쐰다
뼈만 남은 손가락은 마른 수숫대다
혼자서는 아무것도 할 수 없다
익숙하던 언행들도 망실한 지 오래다
부축을 해도 몇 자국뿐이다
힘들 때마다
내 등 뒤를 지켜주던 버팀목이 아니다
굳이 어깨를 부비지 않아도
그게 커다란 위안이었는데
이젠 내가 그런 의지가 되려는데
당신은 내 손을 뿌리치고 있다
짐이 되지 않으려고
하찮은 것도 손사래를 친다는 것을
나는 안다
살갑던 눈빛도 다감하던 손길도
그냥 모두 접어놓고
망연히 창밖의 허공 한 자락을 붙잡고 있다
감나무 우듬지엔 까치밥 몇 개

기다리는 까치는 오늘도 오지 않고
절로 익은 홍시만 쪼그라들고 있다

빈 배

묶인 빈 배 한 척을
파도가 억척스럽게 지분거렸다
선장이 잠시 배를 비운 것뿐인데
아주 만만하게 얕보았던 모양이다
이유도 없이 발길질을 하고
뺨따귀를 때렸다
한 번쯤은 반항할 것도 같은데
태연하게 난타를 당하는 것이다
그래, 당신의 영혼이 기쁠 때까지
나를 구타해 보라는 듯
먼 바다만 삐걱삐걱 바라보고 있다
그 자리가 내 자리라고
밤새도록 시비를 걸고 있었지만
빈 배는 아침까지 어깨만 흔들었다

그리움

입춘인데
조급한 봄꽃이 야단법석이다
유채꽃이 보고 싶듯
네가 그립다
곁에 있을 땐 몰랐는데
그리움은
먼 바다에서
외딴 섬의 겨드랑 밑으로 몰래 찾아와
방심하는 가슴을 쥐어뜯는 파도 같은 것인가
발목에 족쇄를 채우듯
붙잡아 맬 수도 없는 너울이
불가사의한 그리움을 잉태하고 있다
우리 서로 외딴 섬처럼
멀리 떨어져 있어도
아슴푸레 먼 산을 바라보듯
그렇게 간절함을 채색하며 산다면
하루를 살아도 삶의 의미는 더 깊어질 것이다
그리움의 크기는
잊고 산 세월의 거리만큼 아득하다

당신 때문에
그리움의 정체도 알게 되었다
사랑한다는 것은
한 페이지씩 그리움을 채색하는 애틋한 여정이더라

소중한 것은 모두 그리움이다

지우개질

몽당연필 끝에 붙은
지우개를 다 쓰고 나면
검지에 침을 묻혀 글씨를 뭉갰다
그렇게 지워버린 유년의 풍광들은
숲 그늘에 숨어서 움을 틔우고
알림장 같은 몇 페이지의 추억을 뒤집노라니
이미 생의 반환점은 저만큼 지나쳐 버렸더라
기록할 이력들도 수월찮았을 것이고
지워야 할 기록들도 예사롭지 않았을 것이다
가끔은 총기 있다는 말을 들었던 시절도 있었는데
이젠, 건망스러움을 피해갈 방편이 없다
애지중지 품고 살던 어눌한 단어들도
얼른 생각이 나질 않아 답답할 때가 더 많다
누군가
코딱지 같은 지우개를 들고
삐뚤삐뚤 눌러 쓴 이력들을 짓뭉개고 있다

수몰

고향집을 잃어버린 명찰 하나가
수몰지역 산기슭에 앉아
호수의 잔물결을 색인하고 있다
코맹맹이들이 부르는 혀 짧은 동요를 듣고 싶어
약속이나 한 듯
선걸음에 달려온 것뿐인데
향수는 이미 이승을 떠나버렸다
품고 살던 추억의 주머니 하나를
풍덩, 호수 속에 내던지는 일이
얼마나 뼈저린 아픔이었는지
수몰을 지켜본 실향민들은 알고 있을 것이다
담수가 시작되고
장대비도 이미 서너 번은 속절없이 쏟아졌다
울고 싶은 사람들을 대신하여
하늘이 속 시원히 울어준 것이다
이젠 고향집의 흔적도 대중할 수가 없다
팽이를 치던 골목길도 너울 속에 숨었다
한순간 하늘이 깜깜하다
한바탕 눈물을 쏟을 작정인가 보다

행로

대낮에도
신작로에 넘어져 다칠 때가 있다
덤벙거린다고 야단을 맞던 기억이 생경하다

그믐밤인데도
첨벙첨벙 바다를 걸어가는 배들은
한 번도 헛발을 디뎌 넘어지지 않았다

방파제에 앉아서
하얗게
서로의 등을 토닥토닥 긁어주는 파도를 지켜보면
곤궁한 궁금증들이 풀리는 것도 같다

표류하던 고깃배도 포구로 돌아왔다
몇 날 며칠
등대가 뜬눈으로 손짓을 했다

그런 등대 하나쯤 품고 살면
멀고 험한 행로도 지겹지는 않을 것이다

일탈

삶이
좀
호사스러우면 어떻습니까
취미가
좀
화려하면 어떻습니까
때는 봄인데
그까짓 것 한 번쯤 일탈하면
또
좀
어떻습니까
꽃무늬 속옷 차림으로
잠시
산천을 헤매는 것이
그게 무슨 큰 잘못이라고
야단법석들입니까

독서

너럭바위에 앉아
금호강이 집필한 서책을 읽는다
표지에는 강줄기 하나를 그려놓고
그 강기슭 어디쯤에는
푸른 하늘도 몇 조각 걸어놓고
그 하늘에는 몇 송이 흰 구름도 꽂꽂이해 놓고
또, 몇 페이지를 더 넘기다가
방천길도 하나 고즈넉이 만들어 놓고
방천길이 끝나는 산모퉁이 어디쯤엔
휘어진 철둑길도 한 가락 숨겨 두고
철둑길 옆으로는
키 큰 포플러나무들도 심어 놓고
그리고, 찬찬히 내려다보면
그 강가에는
한쪽 발을 강물에 담근
왜가리 한 마리가
읽기 싫은 책을 읽듯 물장난을 하고 있다

세월

펴고 살펴 볼 일들은
병풍처럼 접혀 있는데
짧은 하루해의
그림자는 늘 허둥거린다
읽고 그릴 일들은
채석강처럼 아득한데
책상 위에 쌓인 시집들만
먼지를 덮어쓴 채 늙어가고 있다

3부

활엽수

시월이 가고 나면
병상일지에는
출산의 기록만 선명하게 남는다
탯줄을 자를 때 손이 떨리는 것은
또 다른 본능의 몸부림일 것이다
떠나보낸 자리는 앉은 자리보다 휑하다
품안의 자식을 출가 시켰다고
산고의 아픔이 사라지는 것은 아니다
겨우내 그 아픔을 품고
다시 올 봄을 기다릴 것이다
내 적막하면
아름다운 꽃도 아름다울 수가 없다
저물녘 골목 어귀에서
또래의 아이들이 멱살잡이를 하고 있다

주홍 글씨

단풍잎들이 써놓은 주홍 글씨가
더 붉어지고 더 화려해질 때쯤은
시월도 홍시처럼 익은 후
곱게 떨어질 수 있음을 예감했으리라
밤마다 단잠을 떨치며
한 땀씩
추억을 붉게 뜨게질하는 동안
심중에는 주홍 글씨 하나가 각인되었을 것이다
아침저녁으로
고뿔에 걸린 바람소리가 오가고
더러 무서리가 바짓단을 적시는 새벽녘이면
주홍 글씨도 속내를 토설할 것이다
바람소리도 붉다
산 빛의 가슴이 저절로 붉어지면
늙은 단풍나무도
온몸으로 주홍 글씨를 품고
밤잠을 설칠 것이다

고독

가을에는
고독이란 낱말도 향기롭고
향기라는 낱말도 고독하다
물안개가 활짝 걷힌 아침이면
먼 산 빛도 아득하고
그 산 위에 앉은 하늘은 더 고즈넉하다
그럴 때는
가을만큼 고독한 산천도
산불처럼 타올라야 하는데
한 번도 활활 타보지 못한 당신은 외로울 것이다
산국도 첫사랑을 추억하며
눈시울을 붉히는
시월 하순이다
물끄러미
나를 쳐다보던 그 가을 산천이
미친 듯이 저 혼자 신열을 앓고 있다

부활초

사하라 사막에는
유령처럼 굴러다니는 부활초가 있다
뿌리도 없으면서
우기가 되면
잎도 피우고 꽃도 피우는 넝쿨식물이다
사막은 안주할 곳이 아니란 걸 알기 때문일까
낙타도 아라비아의 상인도
지나가는 것은 모두 행려자 신세다
부활초도 그렇다
하지만, 사막도 처음에는 사막이 아니었을 것이다
태초에는 푸른 숲이었고
맑은 호수였을지도 모른다
거기 어디쯤 살다 죽은 생명이 부활하여
부활초란 이름으로 호명 당했을 것이다
모래폭풍이 사막을 범람할 때면
부활초의 영혼들도
살아서 못 다 푼 울분이 서러워 흐느끼기 일쑤다
만약, 노아의 방주가 닻을 내린 곳이
사하라 사막이었다면

방주에서 탈출한 풀씨들도 살아남기 위하여
수천 번은 탈바꿈을 시도했을 것이다
소나기가 쏟아졌다
사지가 꿈틀거리는 것이다

억울한 목숨들의 장엄한 행렬이다

청단풍잎

늦장마가 온다는 기별이다
바람이 수상하다
겨드랑이도 가렵다
봄부터 붙잡혀 살았기에
한 번은 날아보고 싶었을 것이다
깨금발을 딛고
수없이 도움닫기를 연습하지만
무거운 엉덩이만 들썩거릴 뿐이다
살아있는 것들은, 모두
날고 싶은 속성을 가지고 있다
용만 쓰고 추락할지라도
그 꿈은 쉽게 포기할 수 없을 것이다
숨기고 산 날개가 안쓰럽다
단단히 묶인 결박의 매듭을 더듬어본다
구속된 만큼 허공을 향한 마음은 더 간절한 것이다
두 팔을 벌리고 심호흡을 한다
자신을 믿지 못한 불신이 뿌리를 키워온 것이다
행여, 내 간절함으로
그 뿌리를 단호하게 뽑아 던질 수 있다면

허접한 삶도 한 번은 하늘 높이 날아볼 것이다
과욕은 소박한 꿈조차 짓밟아버린다
하지만, 숨겨둔 꿈의 자물쇠를 풀고 나면
꿈처럼 반드시 비상할 것이다

청단풍잎들의 날갯짓이 수상스럽다

행복

행복이란 것도
알고 보면, 행복 아닌 것이 없는데
그 정체마저 모르고 산 세월이 아득합니다

아름다운 꽃도
눈 먼 사람은 볼 수가 없고
그윽한 목소리도
귀가 먼 사람은 들을 수가 없는데
우리 모두는
그런 사소함이 행복이란 사실을 모르고 삽니다

유행가 한 소절
원두커피 한 잔
빨간 장미 한 송이가
우리를 얼마나 행복하게 하는지를
우리들의 입이 알고 눈이 알고
손톱과 발톱이 알았으면 합니다

비포장 길

흙먼지를 덮어쓴 민들레 한 송이가
저도 이만큼 행복하다고 노란 손을 흔듭니다

이승

바람에게
구박받지 않은 땅이
어디 있으며
벌에게
나비에게
추접스럽지 않은 꽃이 어디 있으며
버릇없는 사람들로부터
손가락질을 당하지 않은
별들이 어디 있으며
이승에서
소나기가 비켜갈
하늘 밑이
어디 있으랴

망각

평범하게 산다는 것이
가장 힘든 일이란 것을
예순 코밑에서 알았습니다
낯가림에 대하여
생경스러움에 대하여
익숙해지는 법을 배우며 늙어가고 있습니다
손에 쥐고 있는 휴대폰을 잃어버렸다고
주차장에 세워둔 차를 찾지 못해서
어처구니없는 짓을 하기도 했습니다
망신의 정체는 망각입니다
잊어야 할 것은 잊지 못하고
기억해야 할 것들은 쉽게 잊으며 살아갑니다
쉽게 잊는 것이 축복일 때도 있지만
건망증이 심하다는 것은
기억의 금고가 텅텅 비어간다는 소리입니다
그냥 평범하게 살면서
소소한 일에 웃고 울며 늙어가고 싶은데
분별없이 망각의 늪에 발목이 빠져서
허울 좋게 한생이 침몰하는 것입니다

등

마른 볏짚 같은 당신을 업고
계단을 내려온다
밤마다 끙끙 앓았던 사연이
시간의 짐을 지고 막노동을 하는 것이다
알곡은 자식들이 퍼가고
뒤주에는 쭉정이만 수북이 쌓여있다
목을 안은 손아귀가 풀리는 것이다
당신의 손으로는 못 할 일이 없었는데
이제는 아무것도 할 수가 없다는 듯
수척한 뼈마디도 깍지를 벗었다
참, 금방이다
어제는 내가 당신의 등에 업혀 보채었을 것인데
오늘은 당신이 내게 업혀 먼 산을 보고 있다
아랫목처럼 따뜻한 당신의 넓은 등이
한없이 그립다
아직은 시월 하순인데
벌써, 바람이 차다고 하시는 것을 보면
무엇이든 손꼽아 보는 조급함을 이해할 만도 하다
이젠 남은 정마저 떼어내실 작정이신지
하시는 말씀마다 뼈마디가 시리다

말똥구리

조랑말이 지나간 자리에서
말똥구리가 경단을 굴리고 있다
처음에는 흉측했을 것이지만
다듬고 매만져서
먹음직한 경단을 만든 것이다

거꾸로 서서
앞발로는 맨땅을 짚고
뒷발로는 말똥을 밀어 집으로 가져간다
아마도 숱한 시행착오 끝에
찾아낸 묘수일 것이다
말똥구리처럼
최선의 노동을 해보지 못한 나는
살아온 시간들이 그냥 부끄럽다

똥냄새가 맛있네

밥장사

밥장사는
밥을 지어 파는 사람이다
밥을 굶지 않으려면
밥장사를 하면 된다고 했는데
요즘은
밥장사가 더 많이 밥을 굶는다
간판을 바꿔단 지 얼마 되지 않았는데
밥장사가 밥집 문을 닫고
또
먼 길을 떠났다는 것이다

밥집 간판이
아랫배를 움켜쥐고
한숨을 쉬고 있다

다큐멘터리

화면 속에는
모래폭풍이 갇혀 있고
바람의 발자국은 폭풍에 쫓기고 있다
살아있는 것은
바람과 모래뿐이다
석양의 언덕을 넘어가던 쌍봉낙타의 그림자도
터번을 두른 상인들의 그림자도 자취를 감추었다
허공도 사막도 표정을 잃었다
처음 시작은 모두 불투명한 여백이었을 것이다
사막의 지도는 난해하다
거상들의 행로도 혼란스럽다
보이는 것은 신기루일 뿐이고
진실의 기록은 모래 속에 묻혀있는 것이다
모래폭풍이 잠든 세상은
천국이 따로 없는데
사막이 숨겨둔 보물들 때문에
인간들은 눈만 뜨면 패싸움을 하고 있다
나는 괜찮다
나는 관심 없다고 하는 인간이

사실은 더 무서운 인간이라는 것을
우리는 알고 있다
근본은 쉽게 버릴 수 없는 것이다
던지면 부메랑처럼 제자리로 돌아온다
나의 행로도 어느새 원점에 앉아있다
영점 조준에 오류가 생기면
한생도 허공의 방랑자가 되고 마는 것이다
사막의 아랫목은 항상 뜨겁다
다큐멘터리는 끝났다

갈증

동쪽이 막힌 계곡을 사이에 두고
비탈진 능선들이
머쓱하게 얼굴을 마주 보고 있다

그 산의 어깻죽지 위로
한 뼘이라도 더 높이 고개를 쳐들려고
나무들은 깨금발을 딛고 키 재기를 한다
더러는 해가 뜨는 아침이면
한 모금의 햇살이라도 먼저 마셔보려고
다투듯 동쪽 하늘을 쳐다보는 것이다

해에게 나무들도 콩깍지가 씌었다
모두가 해바라기로 살아가는 것이다
고만고만한 나무들은
조금 더 은혜로운 햇살을 품으려고
울창한 숲 속에 숨어서도
눈만 뜨면 몸싸움을 하는 것이다

딴 세상

굽이 하나를 돌아가면
볼록거울 하나가, 또
한 굽이를 지키고 있다
보여주지 못한 세상의 풍광들을
사각 속에 은밀히 숨겨놓은 것이다
딴 세상이다
안경을 바꾸어 껴도
사각 속의 세상을 다 볼 수가 없다
너무 볼록해도 그렇고
너무 오목해도 그렇다
굽이를 돌아가면 보인다
볼록거울마다
하나씩의 딴 세상이 숨어있는 것이다

옷

봄옷을 꺼냈다
겨우내 정중하게 모셔둔 것뿐인데
치수들이 내 몸을 비켜가고 있다
해코지를 한 것도 아니다
그렇다고 내 몸이 외도를 한 것도 아닐 텐데
기장도 짧아지고
어깨 품도 어지간히 좁아져 있다
지난봄에 맞춘 것들인데
소매 길이도 어설프고 볼품이 없다
하기야, 무거운 추상들을 겨우내 들고 다녔으니
조금은 팔 길이가 어긋났을 것이다
거북하다
봄빛의 수작이다
옷도 마음에 맞아야
몸에도 맞는 것이다

교행

가랑비를 맞으며
좁은 논둑길을 걷고 있는데
누군가 저쪽에서 나를 향해 오고 있다
무논 속으로 비켜서지 않고는
어차피 교행은 불가능한 길이다
나는 논둑길 중간에서
벼락 맞은 사람처럼 우뚝 서 있었다
이 길은 내가 먼저 걷고 있었는데
그도 만약 나를 보았다면
길 저쪽 끝에서
얌전히 나를 기다렸을 것인데
내가 할 수 있는 일이란
그가 다가오기를 기다려주는 일뿐이다
어깨를 치면서 비켜갈 수도 없고
먼저 온 내가 자꾸 미안해진다
분명 내가 이만큼 걸어오고 있었을 때
그가 저쪽에서 이 길로 들어섰을 것인데
교행할 수 없음을 간과한 것일까
내가 먼저 비켜줄 거라 믿고 오는 것일까

아득하다

영토

양지와 음지
세상의 영역은 이렇게 다르다
차도의 중앙선처럼
굵은 실선으로 구획을 할 수도 없고
앞면과 뒷면
보이는 곳과 숨겨진 곳을
굳이 모두 내 영토라고 우길 수도 없다
소유의 속성은
누가 가르쳐 주는 것이 아니다
생의 영역도 마찬가지다
어린 시절
우리들이 처음 배운 것도 땅을 뺏는 놀이이다
가위바위보를 해서
사금파리를 튕겨서
닭싸움을 해서
이긴 사람이 남의 영토를 한 뼘씩 빼앗는 것이다
이제 생각해 보면
산다는 것은 남의 땅을 빼앗고
나의 영토를 넓혀가는 싸움의 연속이더라

누구의 땅을 어떻게 빼앗을까
염탐하는 밤은 길고 한없이 멀다

기적

끝일 것 같은
벼랑 끝에 서서
잠시
너를 생각했다
벼랑 끝에 서고 싶어서가 아니라
그냥 밀려가다 보면
누구나 한 번쯤은
벼랑 끝에 설 수밖에 없는
참담함에 직면하게 되는 것이다
벼랑 끝에서
낭떠러지를 내려다보자
보이는 것은
길이 없다는 것
길이 있다면
더는 살아서는 갈 수 없는 곳이란 것
하지만, 잠시 심호흡을 하고 쳐다보면
한 순간 먹구름을 뚫고 솟아오른
너를 다시 만날 것이다
그리고, 다시
푸른 하늘 한 조각을 품게 될 것이다

공통점

동물의 왕국 이야기다
힘겨루기에서 패배한 사자 한 마리가
무리에서 쫓겨나 황혼 속으로 사라지고
늙은 사자의 처진 어깨 너머로
저녁 해의 기인 그림자가 지고 있다
한때는 한 부족의 위대한 족장으로
황야를 지배하며 살았을 것인데
면류관을 내려놓은 순간부터는
고개도 못 든 채 살아가는 것이다
이기고 지는 것도 한순간이다
지금의 영역도 장구하지는 않을 것이다
일상은 순조로운 것이 아니다
내가 만든 함정에 내가 빠져서
참을 수 없는 굴욕을 당할 때도 있다
동물의 왕국을 보면서
사자들의 일생을 겸허히 품어본다
황야를 가로질러 땅거미들이 달려가고
뉴스가 이어졌다
한때는 어깨가 뻣뻣했던 군상들이

어두운 표정으로 수갑을 차고 있다
처진 어깨가 늙은 사자 같다

경계

장마가 허문 돌담을
부부는 다시 쌓고 있다
담장을 허무는 일이
유행처럼 번질 때도 있었는데
그들은
불투명한 영토의 영역을 먼저 차지하려고
자신의 노동을 착취하는 것이다
생각의 경계를 허무는 것이
돌담을 허무는 일보다 어렵다는 것을 안다
단단한 생각의 이분법 때문이다
다시 한 번 쌓고 나면
허물기는 한참 더 힘들 것이다

4 부

트라우마

보통 사람들에게는
아무것도 아닌 일이
그를 자꾸 혼돈 속으로 몰아가는 것이다
아이러니한 일은
가장 가까운 사람이
그 핍박의 주범이란 사실이다
하찮은 말장난이
되돌릴 수 없는 화마를 키우는 것이다
검은 곰팡이 같은 종균은
쉽게는 치유가 불가능하기 때문이다
사유의 행성은 궤도가 복잡하다
주기의 행로도 오리무중일 때가 많다
종일 맑았던 어느 여름날
예보도 없이 소나기가 쏟아지고
천둥번개가 치는 사연을
기상대가 예보하기 어려운 것과 같다
무심코 벼락을 맞은 후의
돌출 행동이란
누구도 예상할 수가 없는 것이다

그래서
빙산의 상처는 일각일 뿐이다

일출

대견스럽다
일 년만의 상봉인데
너무 의젓하다
꿈이란 품은 자의 몫이다
행여 해후할 수 없을까봐
노심초사했는데
새벽길을 달려온 보람이 있다
너와 나에게는
입술이 필요 없다
눈빛만 마주치면 되는 것이다
기분 좋은 새해
아침
칠포에서
너를 만나 야합을 했다

색맹

눈이 오면
강아지는 어쩔 줄을 모른다

눈이 좋아서가 아니라
발가락이 시려서가 아니라
흑백만 볼 수 있는 눈을 가졌기 때문이다

세상이 온통 흑백으로만 보인다면
그 풍광은 얼마나 낯설고 경이로울까
어차피 먼 산야는 어렴풋하겠지만
근시안이라면
가까운 풍경에는 더 민감할 것이다

아득하게 휘날리는 눈송이들이
강아지의 눈에는 신기루 같을 거다
눈송이의 정체도 모른 채
뜀박질은 한없이 행복할 것이다

품앗이

나도 모르게
신세를 지고 살았다
신세를 졌다는 것은
되갚아야 할 짐을 지고 산다는 뜻이다
세상은 혼자만의 공간이 아니다
더불어 사는 곳이기에
얼떨결에 신세를 지기도 하고
신세를 갚으며 살아가는 것이다
누구에게 짐을 지운다는 것은
내가 져야 할 짐의 무게를 키우는 일이다
산다는 것은 Insert를 하기도 하고
Delete 하기도 하는 것이기에
염치없이 손을 내밀면
짐에 눌린 어깨는 더 곤궁해진다
눈물의 짐은 나누어지고
웃음의 짐은 곱하여 품는다면
세상의 풍경들은 모두 행복할 것이다
사람답게 산다는 것은
소소한 신세들을 갚고 사는 일이다

넝쿨

외로울 땐 어우러지는 것이다
사람도 그렇다
외로운 사람들은 쉽게 어우러진다
쳐다만 보아도 붉어지던 얼굴인데
어깨만 빌려줘도 마음은 서둘러 엉키는 것이다
한 번 어우러져서 옷고름을 풀고 나면
아들도 낳고 딸도 낳고
그것이 사람 사는 세상의 아름다운 이야기다
산중의 넝쿨들을 보라
그들도 어지간하면 어우러져 산다
품고 어우러지면 외로울 일은 없을 것이다
손이 손을 휘감고
가슴이 가슴을 품어주면
주든 받든 아까울 것은 없을 것이다
그게 사랑이다
외로울 땐 어우러지고
외롭거든 품고 살자

쉽게 생각하기

퇴근시간이다
늘 막히던 도로가 뻥 뚫려 있다
참, 신기하네 하면 될 텐데
의문의 생각 하나가
또 다른 생각 하나의 손목을 잡고
강강술래를 하고 있는 것이다
아주 하찮은 일 하나에도
궁금증이 많은 사람들은
수월찮게 망상을 하는 버릇이 있다
절대라는 법칙은
세상에 존재하지 않는데
경청의 창을 닫은 마음 한 조각이
볕 드는 쥐구멍을 바라보고 있다
고드름이 녹을 때쯤
봄은 올 것이고
잔설이 녹을 때쯤
봄이 온다고
이렇게 단출하게 생각을 정리하면
아득했던 난제도 별일은 쉽게 풀릴 것이다

세상의 이치는 생각보다 늘 단순하다
어렵게 생각하면 쉬운 것도 어려워지고
쉽게 생각하면 어려운 것도 쉬워지는 것
그것이 일상의 규율 같은 것이더라

꽃대

어쩌면 저것들은 꽃씨가 아니고
한생을 되돌아보는 편지일 것이다
하고 싶은 이야기가 얼마나 절절했으면
갈기갈기 가슴을 찢어
스스로 허공에 날려 보내고 있을까
모래알보다 많은 생의 사연들이
아지랑이 피는 들길에서 숨바꼭질을 하고 있다
봄비를 맞으면
봄비가 되고 말 것 같은
노란 우산 하나를 높이 쳐들고
해 저물도록 누군가의 편지를 기다리고 있다

봉분
허물어진 무덤가에
민들레 꽃대 하나
애틋한 사연들을 날리는 것이다

그리운 침묵

댓돌 위는 먼지가 지천이다
툇마루도 난장판이다
문설주는 삐딱하게 서 있고
돌쩌귀는 헐거워 빠진 틀니 같고
정지된 벽시계는
툇마루 기둥에 매미의 허물처럼 붙어 있다
7시 05분이다
오전인지 오후인지는 알 수가 없다
저녁 시간이라면 두레상에 모여 앉아
양푼이 비빔밥을 나눠 먹을 시간이다
적막하다
세상의 그리운 침묵이 여기 다 모인 것이다
찢어진 모기장처럼 거미줄이 걸려 있고
부엌 한쪽에는
암탉이 알을 품던 둥지도 그대로다
손을 넣으면
금방이라도 따뜻한 달걀이 손끝에 잡힐 듯하다
누가 벗어두고 떠난 것일까
검정 고무신 한 짝
저 혼자 마당을 지키고 있다

훔쳐보기

강기슭
벼랑 위에
기린 목을 하고 있는
회나무
한 그루
하루 종일
강물만 뚫어져라 보고 있다

강물 속에는
도톰한 입술의 붕어들이
맨몸으로 뒤엉켜 난교를 하고
모래무지들은 숨어서
간음을 하는 것이다

훔쳐보는 것은
참, 나쁜 짓이다

편식

큰 바위가 조금
더 작은 바위를 보듬고
조금 더 작은 바위가
더 작은 바위를 등에 업고
바위산 능선에 턱을 괴고 앉았다

그리고, 척박한 가슴팍에는
몇 그루 앙증맞은 소나무를 품고
이승의 벼랑 끝을 지긋이 바라보고 있다
세상의 한쪽만 흠모하고
한 사람의 입에만 귀를 열고 살다 보면
사유의 중심은 편협해지는 것이다

한 번쯤은
딴눈도 팔고
딴소리도 들으며 살아가면 좋을 것인데
이미 뻣뻣하게 퇴적된 고개는 돌릴 수가 없다

너무 오래 편식을 했다

부처

남산에 가면
사람도 부처가 된다
남산이 품고 사는 것은
돌이 아니라 부처다
부처가 남산을 품고
남산은 마애불을 품고 사는 것이다
누구든
품고 있는 것은 소중하다
애지중지하며
내가 품고 산 것은 무엇일까
눈썹을 비벼도 보이지가 않는다
추상화 속의 허상 하나를
여태 품고 살아온 것이다
그래, 그게 무엇인지는
나만 모르고 있었을 뿐
남산도 알고
부처도 알고 있었는데

사랑

사랑은 주는 것도 아니고
받는 것도 아니다
그냥 믿는 것이고
오래 간직하는 것이다
믿을 수 없는 것은 사랑이 아니다
사랑하기 때문에
믿는다는 것은 궤변일 뿐이다
먼 길을 동행한다는 것은
믿음의 단단함을 확인하는 행위다
사랑은 무조건이 아니다
믿음의 단서가 붙어야 한다
그냥 믿을 수 있을 때
함께 눈시울을 적시기도 하고
함께 귓불도 데울 수 있는 것이다

콩깍지는 사랑이 아니다
콩깍지는 신기루를 만난 것일 뿐
사랑은 믿음을 품는 일이다

뱀

허물을 벗어야 살 수 있다
벗지 못하면
입고 죽어야 하는 것이
허물이다
살아남기 위해서는
생살을 찢어서라도 벗어야 하는데
허물에 갇혀 살면서도
여태 갇힌 줄 모르고 살아온 것이다
한 번도
나의 허울이란 사실을 모른 채
눈만 뜨면 남의 흉을 하는 재미에 빠져 살았다
벗지 못한다는 것은
벗지 않으려는 집착 때문이더라

폐선

그냥 침몰한 폐선 같다
어군을 따라 떠날 고깃배도 아니고
하필이면
하구에서 침몰한 폐선이라니
항행의 기록을 살펴보자
순탄한 항로는 아니었을 것이다
갯벌의 둔덕으로 올라간
발자국과 사연은 찾을 수가 없다
오십천 어귀
밀린 사글세 때문에
길거리로 내몰린 노숙자처럼
바다에서 쫓겨난 폐선 한 척이
부끄러운 발목은 모래밭에 묻어 둔 채
새우잠을 자고 있다

덫

늘 한 발자국이 문제였다
한 발만 뒤로 물러서면
볼 수 없던 사각의 벽도 쉽게 넘어갈 수 있는데
사람이기 때문에
아집의 덫에 걸려 침몰하고 있다
한 발만 내려놓고 나면
무게중심이 어긋났음을 알 수 있을 것인데
생각만 조급하여
이미 기운 무게중심도 회피하는 것이다
고비와 고비는 한 순간이다
그때마다 얼른 한 발만 내려놓을 수 있다면
살아가는 모습은 늘 아름다울 것이다
집게손가락 끝의 하늘색이 같지 않다고
그림자를 함께 밟으며 걸어주지 않는다고
편견의 덫으로 옭아맬 수는 없는 것이다
덫을 던지기 전에
한 발만 내려놓고 물러서면
그 덫에 걸릴 위인과 상봉할 수 있을 거다

박쥐와 종유석

부부도 살다 보면 닮는다고 했는데
박쥐와 종유석도
오랜 세월을 동거했다

누군가, 처음
이 동굴을 발견했을 때까지는
어둠도 천년은 갇혀 있었을 것이다
죄목도 모른 채
거꾸로 매달리는 형벌은 참혹하다
그냥 캄캄한 어둠속에 살았기에
동굴 밖의 세상은 알 수가 없었을 것이다
두려움에 눌려 산 세월이 전부다
그렇게 방관한 세월이 몇 해인지
몇 세대를 혼숙하며 살았는지 모를 일이다
처음 품어본 빛의 느낌을
다시는 거부할 수 없는 것이다
천년이나 간직했던 어둠의 신비도
사라지는 것은 한 순간이더라

박쥐의 날갯짓이
어둠을 깨웠다

이웃

빈집이다
아내가 스케치 여행을 떠난
주말 저녁
나는 혼자다
큰 눔은 서울에 가고
작은 눔은 구미에 갔다
가족들이 비운 자리는
커다란 허공이다
옆집이나 한번 가볼까 하다가도
이웃은 이제 이웃이 아니다
살아갈수록
옆집의 현관문도 말수가 적다
얼굴을 찡그린 날도 많고
어금니를 깨물고 있는 날도 많더라
이웃이 피붙이 같을 때도 있었는데
그때가 그립다
지금의 이웃은 그냥 옆집이다
이웃을 잃어버린 사람들은
웃을 기회마저 잃고

먼 산이나
눈이 아프도록 바라보며 산다
창밖은 밝아도 풍경은 쓸쓸하다

빈집은 허공이다

그림자

나무의 그림자를 본다
누가 보채는 것도 아닌데
저 혼자 길어지고
저 혼자 짧아진다
그런 나무의 그림자 옆에
또 다른 그림자 하나가 버팀목처럼 서 있다
고무줄을 닮았다
어떨 땐 짧아지고
어떨 땐 길어진다
줏대가 없는 그림자를 보고
또 다른 그림자가 히죽히죽 웃는다
해가 저물어
서둘러 그림자들이 집으로 돌아가면
나무도 숲 속의 집으로 돌아가려고
펼쳤던 그림자를 차곡차곡 접는다

꽃눈

꽃눈이 그 애의 젖꼭지만큼 부풀었다
사랑이 세상의 전부라고 믿었던 시절
사는 것이 별것 아니라고 생각했던 그때는
나무의 젖꼭지가 부풀어야
봄도 남몰래 발정을 한다는 것을 모르고 살았다
늙어가는 일이
사랑을 반추하는 여정임을 알고 나니
사랑이란 단어가 더 높고 귀하게 여겨지는 것이다
간절함이 있어야
젖꼭지도 꽃이 될 수 있다는
사실을 늘그막에 알았다
봄빛은 또 발정을 하고
꽃눈은 또 젖꼭지만큼 부풀어 오르고
봄비는 염치없이 발정을 했다

평상심

평상심을 잃을 때가 있다
사람이기 때문이다
지나가며 툭 던진 귀엣말에도
꼭뒤에 혹이 생기고
겨드랑이에도 부스럼이 돋는 것이다
그럴 때는 평상심을 찾아야 하는데
민낯이 부끄러운 줄도 몰랐던 나는
간사스런 결례를 즐기며 산 것인지도 모른다
누구를 과녁으로 겨냥한 것은 아닌데
빗나간 화살이 엉뚱한 결과를 만들어버린 것이다
품고 산 비수를 보여주고 싶은 마음일까
거울 앞에 앉아서
거울 속에 박힌 눈을 마주보고 있다
시무룩하다
귀를 열었다
거울이 핀잔을 주는 것이다

참, 대책 없는 그놈

시작은 시답잖은 물집 하나였다

발바닥 한쪽 구석에서 발가락 사이로
발가락 사이에서 발톱 속으로
누에가 뽕잎을 갉아먹듯
야금야금 영토를 넓혀간 것이다
다래끼만 한 뾰두라지 하나를
대수롭잖게 방심한 것이
단순한 착각이었다는 것을 깨닫는 순간
발가락 사이사이
발톱 속 은밀한 곳까지도
놈은 이미 엄청 넓은 영토를 확장해 놓았더라
미련 때문이다
처방전 한 장으로 박멸할 수 있었던 것을
약을 먹고 발라도 소용이 없다
가뭄으로 시들었던 들판의 풀잎들이
소나기 한 줄기에 빳빳이 고개를 쳐드는 것처럼
잠시 읍소하는 시늉만 하고는
똑바로 내 눈을 노려보고 있다

참, 대책 없는 그놈

방관자

양파의 껍질은
아내가 벗기는데
주책없이 눈물은 내가 흘렸다
산목숨의 껍질을 손톱으로 벗기는 것을
그저 멀뚱멀뚱 바라볼 뿐이다
이렇게 방관자로 살아온 나는
무지하게 잔인한 인간일 것이다
누가 내 생살을 양파처럼 벗긴다면
나도 양파처럼 매운 눈물로
누군가를 주책없이 울릴 수 있을까
양파는 맨몸으로 흐트러짐이 없는데
내가 흘린 눈물은 자꾸 궁색해졌다

어둠과 빛의 변증법

박 남 일(문학평론가)

바람에게
구박받지 않은 땅이
어디 있으며
벌에게
나비에게
추접스럽지 않은 꽃이 어디 있으며
버릇없는 사람들로부터
손가락질을 당하지 않은
별들이 어디 있으며
이승에서
소나기가 비켜 갈
하늘 밑이
어디 있으랴

―「이승」전문

김환식 시인의 시선은 매우 생뚱맞은 데가 있다. "바

람에게/ 구박받지 않"고 "소나기가 비켜 갈" 하늘이 없
다는 언술이야 백번 옳은 말씀이다. 한데, 제각각의 꽃
들이 벌과 나비에게 하나같이 "추접스런" 존재라는 진술
은 우리를 당혹케 한다. "버릇없는 사람들로부터/ 손가
락질을 당하지 않은" 별도 없다고 한다. 일찍이 박두진
시인은 별을 바라보면 "외로움인지 서러움인지 분간 없
는 시름/ 죽음일지 이별일지 알 수 없는 시름"(「별밭에 누
워」)이 솟구친다고 고백한 적이 있기는 하다. 철학자이자
수필가인 김형석 교수의 저서 『하늘의 별처럼 들의 꽃처
럼』을 들먹이지 않더라도, 별과 꽃은 아름다움의 상징이
아닌가. 그럼에도 불구하고 꽃을 추접스러운 것, 별을
손가락질 당하는('손가락으로 가리키는 짓' 아닌 '깔보거나
흉보는 짓'으로 읽힌다) 존재로 파악하는 시인의 인식은 무
슨 심사일 것인가. 나는 그것을 이 시집이 품고 있는 빛
의 명암과 연결된 전조로 읽는다. 시집 속에는 사막(「고
비 사막」「바위섬」「부활초」「다큐멘터리」), 시월(「조령」「시월」
「활엽수」「주홍 글씨」「고독」「등」), 가시(「고슴도치」「와불」), 죽
음(「버팀목」「서기 2014년」「개미」「거룩한 사랑」「순교」), 망각
(「알츠하이머」「지우개질」「망각」), 감금(「전족纏足」), 경계(「영
토」「경계」), 상실(「수몰」「그리운 침묵」「이웃」)이란 단어가
위의 시편들 곳곳에 뿌려져 있는데, 그것들은 모두가 빛
의 어둠과 밝음을 변증법적 시각으로 대비시키고 있다.

두려움에 눌려 산 세월이 전부다

그렇게 방관한 세월이 몇 해인지
몇 세대를 혼숙하며 살았는지 모를 일이다
처음 품어 본 빛의 느낌을
다시는 거부할 수 없는 것이다
천 년이나 간직했던 어둠의 신비도
사라지는 것은 한순간이더라

박쥐의 날갯짓이
어둠을 깨웠다

-「박쥐와 종유석」 부분

　그래서, 시인은 어둠속에서도 부단히 빛의 행로를 찾
아가고 있다. 만약, 시인의 생각이 어둠속에 온전히 갇
혀있었다면, 어웅한(속이 비어서 횅하고 침침함) 석회 동굴
천장에 돌고드름만 매달려 있게 했을 것이다. '두 마리
곰이 발바닥 핥다 돌이 되고, 그 두 돌이 바닷물에 가라
앉아 얘기를 나누고, 얘기가 끝나 말이 없자 굴딱지나
달라붙듯'(未堂,「북녘 곰, 남녘 곰」) 동굴 속은 입때껏 "캄
캄한 어둠 속에" "갇혀" 있었을 것이 분명하다. 시인은
그러나 돌고드름 곁에다 박쥐를 함께 매달아 놓은 것이
다. 비록 "천 년"의 "세월"을 흘려보냈다고는 하더라도,
종당에는 그 "박쥐의 날갯짓이/ 어둠을 깨워"놓지 않는
가. 박쥐[定立]는 그 발전 과정에서 스스로의 내부에 존
재하는 모순으로 말미암아 자신을 부정하는 것[反定立 :

동굴의 어둠]이 생기고, 다시 이 모순을 지양함으로써 보다 높고 새로운 것[總合 : 빛]에 이르게 된다. 김환식 시인의 시적 자세는 "어둠을 깨우"는 "박쥐의 날갯짓"과 진배가 없다.

> 외봉낙타
> 한 마리
> 바닷속에 숨어 있다
> 혹 하나만
> 물 위에 내어 놓고
> 온몸을 출렁거리며
> 검푸른 사막을 달려가고 있었다
>
> — 「바위섬」 전문

대표적인 어둠의 공간은 사막이라 할 수 있다. 모래와 자갈이 가없이 이어져 건조한 데다 이글거리는 태양, 잎이 가시로 변한 선인장과 약대만 있는 곳. 아니다, "석양의 언덕을 넘어가던 쌍봉낙타의 그림자도/ 터번을 두른 상인들의 그림자도 자취를 감추었다" "살아있는 것은/ 바람과 모래뿐"(「다큐멘터리」)인 그 불모의 땅에서도 그는 "부지런한 사람들은/ 분명/ 몇 포기라도 그 땅에 심어 보려고/ 무진 애를 썼을 것이다/ 생이란 사막을 개간하는 일과 같다"(「고비 사막」)라며 한 송이 풀꽃에 대한 기대를 버리지 않는다. 하기는 사막이라고 다 사막[惡]하기만

하겠는가. 영화 「자이언트Giant」의 제트 링커(제임스 딘)가
베네딕트 가家 여주인에게서 상속 받은 텍사스 거친 땅
에서 분출되던 그 석유가 사막에선들 솟아오르지 말라
는 법은 없는 것. "모래 폭풍이 잠든" 사막을 "천국"(「다
큐멘터리」)으로 인식하는 그에게는 바다가 "검푸른 사막"
으로 변용되기도 하고, "한 마리" 외몬다위(외봉낙타)가
육봉肉峯만 "물 위에 내어 놓고" 날짱날짱 걸어가기도 하
는 것이다. 물 위에 드러난 바위섬의 윗부분을 단봉약대
의 혹으로 보는 것은 누구에게나 가능할지 모르는 일이
지만, 바위섬의 나머지 부분을 외몬다위의 몸뚱이로 상
상하는 일은 쉬운 게 아니리라. 그는 한술 더 떠 물 아닌
바위섬이 "온몸을 출렁거리며" 달려간다고 한다. 나는
언뜻 목월木月을 떠올린다. "구름에 달 가듯이 가는 나그
네"

　　　댓돌 위는 먼지가 지천이다
　　　툇마루도 난장판이다
　　　문설주는 삐딱하게 서 있고
　　　돌쩌귀는 헐거워 빠진 틀니 같고
　　　정지된 벽시계는
　　　툇마루 기둥에 매미의 허물처럼 붙어 있다
　　　7시 5분이다
　　　오전인지 오후인지 알 수는 없다
　　　저녁 시간이라면 두레상에 모여 앉아

양푼이 비빔밥을 나눠 먹을 시간이다
적막하다
세상의 그리운 침묵이 여기 다 모인 것이다
찢어진 모기장처럼 거미줄이 걸려 있고
부엌 한쪽에는
암탉이 알을 품던 둥지도 그대로 있다
손을 넣으면
금방이라도 따뜻한 달걀이 손끝에 잡힐 듯하다
누가 벗어 두고 떠난 것일까
검정 고무신 한 짝
저 혼자 마당을 지키고 있다
– 「그리운 침묵」 전문

무엇을 잃었는가, 집이 임자를 잃어버렸다. 폐가를 그린 이 시를 읽으며 나는, 찬 공기(①)는 아래로 들어오고 따뜻한 공기(②)는 위로 나간다는, 공기의 움직임을 떠올린다.

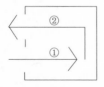

전반부(1~8행)는 삭막하기 이를 데 없다. 댓돌은 먼지가 덕지덕지 앉고, 툇마루는 군데군데 삭아 구멍 뚫리고, 문설주는 휘우듬하고, 돌쩌귀는 흔덕거리고, 벽시계

는 허구한 날 자고 있다. 화자의 시선이 맨 처음 머무는 곳은 가장 낮은 위치인 댓돌이고, 거기서부터 툇마루 → 문설주 → 돌쩌귀 → 벽시계라는 높은 위치로 옮아간다. 빈집의 낡아 빠진 바깥 사물들을 형상화한 전반부는 그러므로 찬 바깥바람처럼 삭막할 수밖에 없다. 나는, 화자의 상상에 의한 방 안 풍경인, 9~10행을 눈여겨본다. "저녁 시간이라면 두레상에 모여 앉아/ 양푼이 비빔밥을 나눠 먹을 시간이다" 방으로 들어온 찬 공기가 따뜻한 공기로 바뀌는, 그림의 ②에 해당하는 부분이다. 낮 동안 뿔뿔이 흩어졌던 식구들이 둘러앉아 받는 두레상. 그것은 외상이나 겸상에 비해 겨울 두르풍風처럼 얼마나 따스운지. 게다가 푸성귀 몇 뒤버무려 노느매기한 양푼 비빔밥 먹는 식구들, 쥐코밥상 앞일지언정 그 얼마나 두루춘풍들일 것인지. 화자의 잠깐 동안의 상상 이후, 삭막하기 그지없던 시는 구름과 진흙의 차이로 돌변한다. 처마에는 거미줄이 너절너절하고 마당에는 덕적덕적한 고무신짝이 나뒹굴고 있건만, 걀걀 소리 내던 닭이 사부랑삽작 뛰어올라 한 식경 넘게 용쓰다 내질러 놓은 짚가리 속 그 걀찍한 알만큼이나 다습지 않은가.

고향 집을 잃어버린 명찰 하나가
수몰 지역 산기슭에 앉아서 호수를 읽고 있다
코맹맹이들이 부르는 혀 짧은 동요를 듣고 싶어
약속이나 한 듯

선걸음에 달려온 것뿐인데
향수는 이미 이승을 떠났다
품고 살던 추억의 주머니 하나를
풍덩, 호수 속에 내던지는 일이
얼마나 뼈저린 아픔인지
수몰을 지켜본 실향민들은 알고 있을 것이다
담수가 시작되고
장대비도 이미 서너 번은 쏟아졌다
울고 싶은 사람들을 대신하여
하늘이 속 시원히 울어 준 것이다
이젠 고향 집의 흔적도 대중할 수가 없다
팽이를 치던 골목길도 파문 속에 숨었다
한순간 하늘이 어두워졌다
한바탕 눈물을 쏟을 작정이다

                                    -「수몰」전문

　폐가와 수몰지는 상실이란 점에서는 같다. 그러나 전자가 집 한 채의 상실인 데 비해, 후자는 하나 또는 둘 이상 마을의 상실인 점에서 다르다. 또한 전자가 자의적인 것이라면, 후자는 타의에 의한 것이므로 그 아픔이 비교되지 않을 만큼 클 수밖에 없다. 자신이 버린 집이야 그 형태가 고스란히 남아 있어도 찾아볼 일 없건만, 남에게 빼앗긴 집은 그 형체가 가뭇없이 사라져도 한 번쯤은 찾게 되는 법. 아니나 다르랴, 화자는 물속에 잠긴 고향을 찾아온다. 한데 시의 들머리부터 심상치가 않다.

화자가 '명찰'이라니. 한쪽 가슴엔 이름표, 다른 편 가슴엔 허연 손수건 단 코흘리개로 돌아간 것이다. 닦은 방울 같은 눈으로 유년을 찾아내고자 하는 것이다. 게다가 "호수를 읽고 있다"니. '바라보다'를 '읽다'로 바꿔 놓는 경우는 다른 데에서도 보이는 바, "너럭바위에 앉아/ 금호강이 집필한 자서전을 읽는다"(「독서」) 같은 것이 그 예다. 하긴 호수를 멍히 바라보는 것으로야 물 또는 물결의 무늬밖에 더 보이겠는가. 호수를 읽어야 "팽이를 치던 골목길도" 아령칙하게 보일 터. 대수로운 표현은 문쥐처럼 꼬리를 문다. "품고 살던 추억의 주머니 하나를/ 풍덩, 호수 속에 내던"졌단다. 물이 집만 잠근 것이 아니라, 소중히 건사해야 할 추억까지 앗은 것이다. 입때껏 나는 가장 절망적인 실향민을 삼팔따라지로 여겼는데 웬걸, "향수는 이미 이승을 떠났다"를 읽고는 내 태무심에 오싹 몸뚱어리가 옹동고라짐을 느낀다. 월남인은 고향을 그리는 마음이라도 가질 수 있지만, 수몰지 사람에게는 그리워할 고향조차 없지 않은가. 「수몰」을 읽으며 또 다른 부정적 이미지인 물에 대한 선조들의 경구 "가물 끝은 있어도 장마 끝은 없다"를 생각한다. 또한 "이젠 고향 집의 흔적도 대중할 수 없다"를 읽으면서는 가산(伽山)의 구절 "아, 도야지가 치였다니 두 번이나 종묘장에 가서 씨를 받은 내 도야지, 양도야지……/ 엉겁결에 외치면서 훑어보았으나 피 한 방울을 찾아볼 수 없다. 흔적조차 없다니…… 기차가 달랑 들고 간 것 같아서 아득한 철로 위를 바라보았으나 기차는 벌써 그림자조차 없다."(「돈豚」)를 떠올린다. 눈 위에 서리 덮이듯 호수 물 위에 장대비, 「수몰」은 시위洪水가 난 듯 물 천지다. "자라 보고 놀란 가슴 소댕 보고 놀란다"고, 수몰지 사람들은 넘실거리는 물결이나 흐름만 봐도 어지러워지는 물멀미가 나지 않겠는가. 천만다행으로 시인은 그들을 그렇게 버려두지 않는다. 호수 물과 장대비는 같은 물이 아닌 것이다. 장대비는 눈 위의 서리와 달리 "울고 싶은 사람들을 대신하여/ 속 시원히 울어" 주는 하늘의 눈물인 것이다. 그렇다면 그 비는 잦을수록 좋은 것, 시인이 그 점을 놓칠 리가 없다. 금시라도 작달비가 퍼부을 듯 순식간에 날이 끄느름해지는 걸로 매조지고 있지 않은가.

　나는 시인의 생뚱맞은 시선이라는 언급으로 이 작은 논의를 시작했다. 이때의 '생뚱맞다'란 말은 '참신하다'라는 의미와 크게 다르지 않으리라. 이제 마무르면서 그런 유의 몇 편 시들을, 달리는 말 위에서 산천 구경하듯, 건정 읽을 요량이다. 「너울」에서는 '너울'을 피동이 아닌 능동으로 파악한다. 즉 그것은 '바람 따위로 생기는 수면의 결'이 아니라, "오래 앉아 있"어서 "오금이 저린 바다가/ 먼 길을 떠나려고/ 몸을 푸는 동작"이라는 것이다. 그것에 정당성을 부여하기 위해 시인은 한술 더 뜬다. "어부들도 여태 모르고 살았던 비밀"이라고. 「착각」에서의 '깃발'도 매한가지여서 '바람에 끌려가는 몸짓' 아닌, "바람에게 끌려가지 않으려는/ 처절한 몸부림"으로 인식한다.

삶이
좀
호사스러우면 어떻습니까
취미가
좀
화려하면 어떻습니까
때는 봄인데
그까짓 것 한 번쯤 일탈하면
또
좀
어떻습니까
꽃무늬 속옷 차림으로
잠시
산천을 헤매는 것이
그게 무슨 큰 잘못이라고
야단법석들입니까

— 「일탈」 전문

  반어법의 극치라 해야 할까, 메에 들에 흐드러지게 피
어난 봄꽃이 일탈이라니. 하긴 겨우내 바깥출입하지 않
고 조신하던 처자가 명지바람 불자마자 화사한 꽃무늬
슈미즈 바람으로 알살 드러낸 채 쏘지르는 게 보통 일탈
이 아니기는 하다. 남녀노소가 짜드라와 짜드라웃어 대
니 꽃들은 "큰 잘못"이라도 저질렀나 싶어 얼굴 붉어졌

겠다. 봄꽃의 일탈/ 잘못이 클수록 더욱 흥청흥청해지는 꽃놀이의 반어법이여.

　　산 나무가 죽은 나무에게 의지하고 있더라
　　허접한 어깨도 누군가에게는 한생을 비빌 언덕이 된다
　는 것
　　또 누군가는
　　투박스런 내 어깨에도 기대려고 할지 몰라
　　죽은 나무도 한때는 산 나무였을 테지만
　　생전에는 모질게 무시당했을지 누가 알아
　　망자들은 심심하면 산 사람을 울린다
　　산 사람이 망자를 울렸다는 이야기는 들은 적이 없는데
　　근자에 개업한 장례식장 화단에도
　　죽은 나무들이 산 나무들을 보듬고 있더라
　　산 나무들이 죽은 나무들에게 살가운 위로를 받고 있는
　것이다
　　망자는 영정사진 속에서 활짝 웃고 있는데
　　산 사람들만 속절없이 꺼억꺼억 울고 있더라
　　　　　　　　　　　　　　　　　　　－「버팀목」 전문

　　표제 시는 반어법과는 거리가 멀다고 할는지 모르겠다. 하나, '보이지 않는 손invisible hand'이란 고전학파 경제학 용어처럼, 나는 "망자들은 심심하면 산 사람을 울린다"라는 구절에서 보이지 않는 혹은 숨은 반어법을 읽는다. 언뜻 보면 "죽은 나무들이 산 나무들을 보듬고 있더라"는 언술 때문에 죽은 나무는 긍정적인 데 비해, 죽은 사람은 부정적인 존재로 비칠지 모른다. 나는 그것에 반기를 든다. 「버팀목」에서 '산 나무'는 '산 사람'을, '죽은 나무' 곧 '버팀목'은 '망자'를 비유하고 있는 것이다. "망자들은 (…) 울린다"의 '울리다'는 '울다'의 하임움직씨使動詞로 '곡소리를 내게 하다'의 뜻일 뿐, '해코지하다'란 의미가 아니다. "무창포에서 잡혀온 가리비"나 "팽목항 횟집"의 "돌돔들"이 산 사람을 위해 "참숯불 화덕 위에 앉아서" "다비를 하고" "맨몸으로 순교"(「서기 2014년」)까지 하는 마당에 어떤 고얀 선조관대가 후손 못되길 바라랴. "생전에는 모질게" 업시름 받았던 조상조차 죽어서는 "산" 사람들을 "보듬고 있"는데 말이다. 조상치레가 데면데면하거나 콩가루 집안이 아닌 한. 나는 '음덕陰德'이란 말을 새삼 믿고 싶다.

"우리 인간은 아직 삶과 죽음의 관계 항에 관하여 지극히 아는 바가 적기 때문에 지금으로써는 시가 그 무지를 보충할 수 있어야 할 것 같다. 우리가 삶 너머에 존재하는 것들로 인해 산다는 것, 이 세계에 머물다 떠난 것들조차 우리와 깊은 관계를 맺고 있다는 것, 이 시의 첫 행 "산 나무가 죽은 나무에게 의지하고 있더라"라는 구절은 어느 순간 이 시의 화자에게 찾아온 시적 통찰이 아주 값진 것임을 깨닫게 한다. 꼭 같은 맥락에서 죽은 자, 장례식장의 영정사진 속에 든 사람이 산 자들을 살게 한다. 단지, 장례의 사흘뿐 아니라 그 이후의 많은 나날에도. 그리고 그 산 자도 떠나갈 것이다."

  그렇다, 『유심』 2015년 1월호에서 방민호 교수는 "…"
와 같이 「버팀목」을 평했다.

  그 내용은 이제까지 언급한 내용들과 궤를 같이하는
것이다.